KB020620

물소리를 쬐다

실천문학 시인선 035

물소리를 쬐다

윤이산 시집

실천문학사

제1부

제2부

제3부

제4부

제1부

아무렴

봄이 온다
'아무렴'
꽃이 진다
'아무렴'

외할머니는 사시사철 바다 향해
의자를 내놓고 앉아 계셨지
온종일 '아무렴' '아무렴' 중얼거리며
바다를 바라보고 계셨지

신열이 펄펄 끓던 밤에도
아무 일 없다는 듯 내 이마를 짚으며
'아무렴' '아무렴'만 하셨지

몸도 마음도 너무 아파 운신조차 어려울 때
누군가 차려 내오는 따뜻한 미음처럼
당신이 건네준

'아무렴'

이젠 내게도
아무렇지도 않게 봄이 오고
아무렇지도 않게 꽃이 지지

'아무렴'

나도 바다를 향해
의자 하나 내놓았거든

물고기 잡으러 간 외삼촌이
자신이 던진 그물에 걸려 돌아온 바다

별

캄캄한 밤, 막차를 놓친 막막한 사람들의 정류장. 이 정류장은 높이 떠 있어 길의 세세한 정보가 잘 보인다. 외통수가 빠져나간 샛길의 속속들이까지 발칵, 드러난다. 이 정류장에 오래 앉아 있다 보니 좀 전 놓친 막차가 목적지에 안 내려 줬을 수도 있었겠다는 생각도 든다. 어디 그 길뿐인가. 노선을 변경할 기회를 얻을지도 모르겠다는 생각도 든다. 누구든지 앉았다 떠날 수 있는 이 정류장은 어느 방향으로도 열려 있다. 무엇보다 이 정류장은 곁이 생긴 듯, 겹을 걸친 듯 혼자 앉아 있어도 외롭거나 무섭지 않다. 차렵이불 한 장 같은 잠을 덮고 기대 누우면 아무 데도 가지 않고 그냥 여기 눌러앉고 싶어진다. 여기가 내 목적지고 종착지라는 생각도 든다.

내가 가장 어두워졌을 때, 딸칵, 별이 켜졌다.
굳은 데가 생겼다.

간격

폭우가 쏟아진다
지붕과 창문과 테라스가
향나무와 원추리와 채송화가
양철과 플라스틱과 스티로폼이
항구에 정박한 배들이
몸 흔들어
간격을 조절한다

꽉 조여 있던
당신과 나 사이,
폭우가 들이친다
지느러미가 요동치면서
간격을 조정한다

우리, 한동안 맞붙어
서로를 갉아먹는 일은 없겠다

사람도 오래되면 물고기처럼 옆줄이 생긴다, 한다
어항 속에 넣어 둬도 서로 비켜 다닐 수 있다, 한다

문득, 생각나서

침침한 눈으로
노선 안내판을 더듬고 있을 때
그에게서 전화가 왔다

문득, 생각나서 전화해 봤다는

반쯤 열린 문을 왈칵, 열어젖히며
맨발로 뛰어나오는
옛집의 불빛 같은 그 말

흐릿해진 기억에 불이 켜지고
먼 거리를 성큼 당기며
지하철이 들어온다

올라타다

평안히 흐르던 물줄기도 낭떠러지를 만나면 안색이 변한
다 하얗게 질린다 도저히 덤덤히 뛰어내릴 수 없는 높이, 눈
감고 기합에 올라타 뛰어내린다

암 진단 받고 아버지는 물러설 데 없는 낭떠러지에서 울
부짖으셨다 달리 방도가 없어 식구들도 함께 힘껏 울부짖어
드렸다

절벽 아래 소(沼)에는 멍투성이 물들, 소용돌이에 올라타
빙빙 돌면서 제 뼈대와 살점을 맞춘다 혼비백산을 수습한
뒤 다시 흘러간다

아버지, 이제는 다시 흘러가셨으리 어쩌면 또 다른 벼랑을
만나 한 번 더 뛰어내리셨을지도 모를 일 몸도 없는 아버지,
무엇에 올라타고 뛰어내리셨을까!

필터링

나무와 나무 사이
징검돌처럼 의자가 놓여 있다

서녘으로 가는 길은 멀고
가던 길 잠시 놓고
의자에 앉아 나무를 듣는다
나무는 귓속으로 흘러들어
발끝까지 적신다
몸 구석구석 쩔렁, 푸른 물소리가 돋는
나는 어느 고대적(古代的) 원시처럼
고즈넉하게 우거진다

서녘은 멀고
다시 서녘을 향해 가야 하는 저녁
물소리를 쏟을까 봐
물소리를 꼭 잡고 걷는다

돌아보니 의자에 또 누군가 앉아 있다

다시 돌아보니 이번엔 새가 앉아 있다

또다시 돌아보니 나무와 나무가 의자에 기대

물소리를 주고받으며 서로를 돌아 나오고 있다

슬쩍, 받쳐 주다

받쳐 준다는 말,
만져 볼 때마다 참, 단단하다
헌 자루에 척추를 박아 넣은 듯
자세가 꼿꼿해진다

보호자는
심을 뺀 볼펜대에 몽당연필을 끼우듯
슬쩍,
받쳐 주기만 하라고 일러 주었다

교통카드에 용기를 보충하고
몽당연필의 받침대가 되려 가는 길
'환승입니다'라는 멘트를 '환생입니다'로 바꿔 들으며
지하철에서 내려 버스로 옮겨 탄다

염색체가 나보다 한 개쯤 더 많다는 그 애가
운동장을 흔들며 굴러와 내 안에 몸을 밀어 넣자

고였던 불안이 떠밀려 나간다
밑돌을 괴듯

몽당연필과 심(心)을 뺀 볼펜대의 합체

길이가 조금 늘어났을 뿐인데
하늘과 땅 사이 꽉, 차는 것 같다

내가 꽃대가 되어 주면
그 애는 꽃을 피울 것이다

여량에서 구절까지

가난이 살뜰히도 앗아 놓았다

장독이며 정짓간이며 곳간이며
반들반들 개운하다

자물통도
인기척도 없는
손바닥, 발바닥만 한 땅

사이가 멀어
감자밭도 옥수수밭도
외따로 심심하다

저 혼자 삽짝 나선 길이 빈둥빈둥 돌아치다
저 혼자서도 잘 흘러가는 강물이나 바래다주고 오는

여량(餘糧)에서 구절(九切)까지 쭐레쭐레 삼십 리

당신이 오래 만지작거리다 던져 버린 생활들이

강바닥에서 복닥복닥 닳아 가고 있다

선물

늙은 두레상에 일곱 개 밥그릇이
선물처럼 둘러앉았습니다
밥상도 없는 세간에
기꺼이 엎드려 밥상이 되셨던 어머닌
맨 나중 도착한 막내의 빈 그릇에
뜨거운 미역국을 자꾸자꾸 퍼 담습니다
어무이, 바빠가 선물도 못 사 왔심더
뭐라카노? 인자 내, 귀도 어둡데이
니는 밥심이 딸린동 운동회 때마다 꼴찌더라
쟁여 두었던 묵은 것들을 후벼내시는 어머니
홀몸으로 감당해야 하는 비바람이 귓속을 막았는지
추억으로 가는 통로도 좁다래졌습니다
몇 년 만에 둥근상에 모여 앉은 남매는
뒤늦게 당도한 안부처럼 서로가 민망해도
어머니 앞에선 따로국밥이 될 수 없습니다
예전엔 밥통이 없어가 아랫목 이불 밑에 묻었지예
어데, 묻어둘 새나 있었나 밥 묵드끼 굶겼으이

칠 남매가 과수댁 귀지 같은 이야기를
손바닥으로 가만가만 쓸어 모으다가
가난을 밥풀처럼 떼 먹었던,
양배추처럼 서로 꽉 껴안았던 옛날을 베고
한잠이 푹 들었습니다

문밖에는 흰 눈이 밤새
여덟 켤레 신발을 고봉으로 수북 덮어 놓았네요
하얗게 쏟아진 선물을 어떻게 받아야 할지 모르는 어머니
아따, 느그 아부지 댕겨가신갑따
푸짐한 거 보이, 올핸 야들 안 굶어도 되것구마이

미역국처럼 뜨끈한 목소리를 신고
일곱 남매가 또 먼 길을 떠나는 새벽

조연들

청소부가
은행나무 아래를 오가며
노란 잎을 쓸어 담는다
나무가 다문다문 떨궈 주고
청소부는 슬렁슬렁 쓸어 담고
생업에 한 번도 끄달려 본 적 없다는 듯
싱겁도록 덤덤하다
그냥 무엇의 배경화면 같다
어느 배역 하나 서두르거나
멈추는 법이 없어
종일 해도 일은 끝나지 않고
아예 대빗자루로 싹, 털어 버리지요
은행 경비원의 퇴근 인사에
이 쓰레기들이 다섯 식구 밥줄이지요
한 줄 대사가 찬바람에 행군 듯 선득하다

어둑해져서야 쓰레기차가

하루 노동을 수거해

배경 밖으로

사라지고

갑자기,

무슨 생각이 난 건지

한꺼번에 가로등이 켜지기 시작한다

노을

  누가 펄펄 끓는 하루를 들고 가다 그만, 양동이를 엎질러
버린 게 틀림없다. 이녘까지 뜨끈하다.

칼맛

치켜든 칼을 내리치자
수평선이 툭, 끊어진다

워밍업을 끝낸 사내,
작심의 날을 벼린 칼끝에
시퍼런 물빛 긴장이 스치더니
고등어 배가 갈라지고
뼈와 껍질에서 살점이 분리된다

껍질이 벗겨졌는데도 여전히
속살에 배어 있는 물결무늬
엔진과 스크루 없이도 무늬를 저어
바다를 밀고 갈 기세다

칼질이 남긴 살점 위로
한 차례 거친 발버둥이 지나고
사내의 단호한 칼날이 단숨에

몸부림을 떠낸다

솜씨, 귀신같아요 진짜, 꾼이신가 봐
새콤한 찬사를 들고 누가 즉석 상차림 앞에 끼어든다

회는 무엇보다 칼맛이죠
번개 스치듯 단박에 베어 줘야 합니다
그것이 산목숨에 대한 예의기도 하고요

몸 안 가득 번지는 피비린내를 소주로 헹궈낸 사내가
바다를 향해 밀린 오줌을 갈기고는
칼을 좀 더 갈아 두어야겠다며 사포를 꺼낸다

바다 한가운데, 흔들리는 상판 위에서
칼맛을 씹는다

곧 물때가 바뀔 것 같다

저녁의 높이

저무는 것 앞에 서면
다 내려놓고 엎드리고 싶어진다
아귀힘 풀고 무조건 다 져 주고 싶어진다

아비의 애첩이 곧 임종할 것 같다는 소식을 들었을 때도
그랬다

늘 고개 숙이고 걸었던 사춘기
다 그년 때문이었는데
노파의 병상 아래서
무릎이 문드러져 질질 흘러내리고 있었다

호주머니에 손 넣고
일몰을 바라보고 섰노라면
세상 모든 오빠들이 한꺼번에 달려와
휘파람을 불어 주는 거 같아

나를 에워싸고

그렇제! 그렇제! 그렇제!

그러는 거 같아

무조건

응! 응! 응!

그래야 할 거 같아

오늘도 수굿이 해가 진다

그러라고 하루 한 번 해도 져 준다

쉰아홉

흘러가는 달빛의 뒤꿈치에 부딪쳤는데도 멍이 든다
스카프처럼 목덜미에 차르르 감기는 바람에도 멍이 든다
멍 때리며 걷다가 튀어 오른 흙무더기에도 걸려 멍이 든다
내가 몇 살이지? 내게 물어보았을 뿐인데 멍이 든다
너 뭐 하는 인간이냐? 누가 다그치지 않았는데도 멍이 든다
내가 나 같지 않아 멍이 든다 확인해 보려고
손가락으로 쿡쿡 눌러 보는 자리마다 멍멍하다
이미 나를 다 써 버린,
먹통인 내가 녹슬어 간다
구멍 뚫린 자물통처럼 맹—하게 녹슬어 간다

식구

할머니가 마루에 앉아 감을 깎는다
삽사리가 할머니 무르팍에 발랑 누워 감 껍질을 받아먹는다
할머니가 발끝을 세우고 처마 아래 곶감 타래를 건다
삽사리도 앞다리를 바짝 뻗쳐 할머니 다리를 밀어 올린다
할머니가 텃밭으로 나가 눈에 묻힌 배추를 뽑는다
따라나선 삽사리가 앞발로 눈을 털어낸다
할머니가 장독 뚜껑을 열고 김치를 꺼낸다
삽사리가 잽싸게 달려가 정지문을 밀친다

툇마루에 앉아
할머니와 삽사리가
점심을 먹는다

크리스마스를 배달하러 온 눈이
산골 오지 마을에 발목이 푹 빠져
여드레째 떠날 생각을 않고

제2부

큼지막한 호주머니

큼지막한 호주머니 달린 옷이 좋다
메모지도 넣고 돋보기도 넣고
자전거도 넣고 여행도 넣고 휘파람도 넣고
달걀 한 꾸러미 넣어 두면 저들끼리 알아서
다달이 월 수익 낼 것 같은 호주머니

칸칸마다 용도별로 수납하면
옷 한 벌로도 한 살림 차린 것 같은
그런 호주머니 달고 걸으면
가진 것 없어도
걸음걸음 실실 콧노래 새겠다

구멍 난 줄 모르고 실속을 넣어 뒀다
덜렁 흘려 버려, 이 등신! 싶은 적 한두 번 아니지만
호주머니 없는 옷을 입고 나설 때는
여윳돈 바닥난 것 같아, 숨을 데가 없는 것 같아
덜렁거리는 빈손이 안절부절못한다

언 손도 텅 빈 손도
언제나 군말 없이 받아 주던
내겐 최측근이었던 호주머니

땅에 묻고 돌아선다

이젠 더 넣을 것도 꺼낼 것도 없는
아버지

선인장과 도둑

철길 옆 슈퍼 한 귀퉁이
백단 꽃이 만발했다

오래 눈독을 들이던 중
오늘 산책길에 자구 몇 뿌리 노리다
고것이 겨눈 은빛 가시에 된통 찔렸다

손바닥으로 쓸어 보니
까칠한 성깔 여럿 박혀 있어

저녁 내내 뭉근히 아린 상처를
성냥불로 지져 보아도
깊이 박힌 고통의 뿌리 빠지지 않는다

꽃 도둑도 도둑인가?
다음 날 모르쇠로 또 그 앞을 지나는데
아르헨티나산(産) 백단, 눈치도 백 단이다

그 사이 꽃을 몸 안으로 쏘옥 들여놔 버렸다

제 영역을 침범한 말의 편자를 뚫어 버렸다는
말발굽선인장 같은 독종도 있다는데

그러게, 풍경은 함부로 건드리는 게 아닌 모양이다

봄날

샘요, 심장이 어딨어예?
이 녀석아, 어딨기는,
왼쪽 가슴에 있제!
(아닌가? 갸우뚱)
니는, 오른쪽에 있냐?
(에라, 모르겠다)
온몸이 심장 아이가,
어디 안 뛰는 데가 있어야제!

오래된 둘레

운문사 처진,
소나무 한 그루가 밥이다

한 오백 년쯤 걸어왔다는
그 어른 발치에 공양간을 들이고
진드기며 개미, 지렁이 식솔에
해설사, 사진사까지
군식구들이 엄첩다

몸 아래로 구부린 건
땅의 경전을 읽고 있기 때문

절 아래 식당에도
개수대에 쌓인 그릇처럼
손님이 수북하다

산 같은 나무 한 그루

거느린 식구

참, 많다

간보다

간 본다
내 간은 숨겨놓고
상대의 간을 꺼내려
간(間)을 노린다
여의치 않으면
내 간을 먼저 꺼내놓고
흥정을 터 보기도 한다
간이 배 밖에 나온 간 큰 놈들은
상대의 복장에 바로 손을 쑥 집어넣어
간을 꺼내기도 하지만 잘못 건드렸다가
간 떨어질 뻔한 위기도 맞는다
취향에 따라 달라지는 간 맞추기
서로 간보다 입맛 맞으면
친구 간이 되기도 하고
별 볼 일 없을 때는
간에 붙으려다
쓸개에 가 붙기도 한다

간 보다 피로해진 간이

랑게르한스섬처럼 떠 있다

내장탕 한 그릇

　내장탕 한 그릇 앞에 앉습니다 잘 달리다 갑자기 멈춰선
기차처럼 내장에서 무럭무럭 김이 나네요 동강 난 몸으로도
씩씩거리는 저 포즈는 아직도 할 일이 남았다는 뜻? 만연체
처럼 긴 그의 여정을 나의 허기진 내장이 검식해 보는데요,
세상의 모든 내장들은 구불텅하네요 하기야 우리가 걸어온
길들이 거지반 구불텅했지요만 이제는 걷던 길과 영영 멀어
진 토막 난 길 그의 내장이 나의 내장이 되는 순간, 끊어진
길이 또 이어져요 언젠가 누군가의 길이 될 나의 내장에 연
료를 가득 채우고 구불텅한 골목길을 스트레칭으로 좌악 펴
며 걸어요 내 앞에 놓인 어떤 길도 소화시킬 것 같은 내장탕
한 그릇의 힘으로

늘봄

맞은편에서 남녀 한 쌍이 걸어온다. 잡은 손을 흔들며 걸어온다. 두 사람이 한 덩어리가 되어 걸어온다. 흔들리는 두 손의 리듬에 맞춰 절름거리는 남자의 다리가 발림을 넣으며 따라온다. 공원 산책길이 이팝 꽃을 뿌려 주고 명지바람도 거든다. 얼핏 스치며 보니 남자는 머리카락이 희끗하고 키가 몽총한 여자는 화상 흉터가 한쪽 눈두덩을 덮고 있다. 한 쌍의 초로(初老)가 지나간다. 팔다리 여덟이, 아니 사십 개 손발가락과 두 통의 머리가, 아니 그 밖의 부속품들까지 혼연일체, 한 덩어리가 되어 지나간다.

두 사람은 똑같이 봄을 입고 있었다. 그들은 평생 봄이라는 단벌만 입고 살아갈 것 같았다.

구름의 방

어느 쪽이든 입구야

소문처럼 드나들 수도 있지

구름의 방은 잠겨 있지 않거든

슬쩍 샛길로 난 문고리를 당겼어

이부자리처럼 대기 중이던 그,

잠가 둔 내 감각에 열쇠를 꽂더라구

중력을 버려, 버려 봐, 달팽이관을 녹이는 그의 입김에

잡고 있던 도덕 같은 거, 한 줌씩 내다버렸지

해의 눈알이 CCTV처럼 떠 있는 오후,

뭘 잘못 먹은 것처럼 잠시 구역질은 하겠지만

구름을 실토하는 실수 따윈 저지르지 않을 거야

구름은 이미 몸 바꾸었을 테니간 알리바이가 사라지는 거지

누구든 한 번쯤 낯선 방을 다녀온다는 소문이

새삼 쇼킹한 사건은 못 되잖아?

다시 안정된 걸음으로 배정받은 노선을 걸을 거야

정장을 입고 갤러리에 들르거나 아이를 데리고

치과에도 가겠지 마트에서 잘 익은 과일을 고르고

야무진 밥상에 코미디를 동동 띄운 후식도 낼 거야

체위를 바꾼 구름의 방에 다시 들를 때까지

중력을 잡고 견딜 거야

구름이 가끔 치명적인 돌풍으로 몸 바꾸기도 한다는 충고

따윈,

잊는 게 좋아

감자를 먹습니다

또록또록 야무지게도 영근 것을 삶아 놓으니
해토(解土)처럼 팍신해, 촉감으로 먹습니다
서로 관련 있는 것끼리 선으로 연결하듯
내 몸과 맞대어 보고, 비교분석하며 먹습니다
감자는 배꼽이 여럿이구나, 관찰하며 먹습니다
그 배꼽이 눈이기도 하구나, 신기해하며 먹습니다
호미에 쪼일 때마다 눈이 더 많아야겠다고
땅속에서 캄캄하게 울었을,
길을 찾느라 여럿으로 발달한 눈들을 짚어 가며 먹습니다
용불용설도 감자가 낳은 학설일 거라, 억측하며 먹습니다
나 혼자의 생각이니 다 동의할 필요는 없겠지만
옹심이 속에 깡다구가 들었다는 건
반죽해 본 손들은 다 알겠지요
오직 당신을 따르겠다는 그 일념만으로
안데스산맥에서 이 식탁까지 달려왔을 감자의
줄기를 당기고 당기고 끝까지 당겨 보면
열세 남매의 골병 든 바우 엄마, 내 탯줄을 만날 것도 같아
타박타박 떨어지는 눈물을 먹습니다

조력

파도가 일었다
파도가 갈앉고
파도가 일었다
파도가 갈앉고
파도가 일었다
파도가 갈앉고

일었다 갈앉는
파도가 있다가

석양녘엔
바다가 되어 버린
나만 있었다

하루 종일
갯바위에 앉아
1.5호 목줄 끝에

나를 미끼로 던져 넣고는
내가 걸려들고 만 것이다

노련한 한 수,

오랜
조력(釣歷)이 있었다

내게로 온 설렘*

서너 걸음 앞서 걷던 남자가
비 그친 하늘을 올려다보며
별이 떴네!
그런다

다시 하늘을 치어다보고는
별이 착해 보이네!
그런다

별이 착해 보이다니!

별이 작게 보이네! 를
별이 착해 보이네! 로 잘못 들은 나는
까치발을 쳐들고
별의 면모를 찬찬히 뜯어본다
탯줄로 연결된 듯

---

* 손자의 아명

잘람잘람 물소리를 내며
내게로 흘러드는

저, 갓 씻어 나온 어린 것을
아무 손에라도 넌지시
건네주고픈
비 개인 저녁

착해 보이는 것들은
다 멀리 있어

그래도
가만 팔을 쭉—
뻗어 본다

내 둘레가
별까지 늘어난다

부부

부부라는 말,
참, 뜨겁습니다

입술을 동그랗게 내밀고 부~부~
한 사람이 다른 한 사람에게 입김을 불어넣어 주듯 부~부~

발음해 보니
거참, 재밌습니다

무조건

엄마, 자?
응, 내 잘 있다!
약 먹었어?
응, 내 잘 있다!
어버이날 못 가!
응, 내 잘 있다!
십만 원 부쳤으니 찾아!
응, 내 잘 있다!
후쿠시마 지진 난 거 들었어?
응, 내 잘 있다!
무슨 일 있으면 퍼뜩 전화해!
응, 내 잘 있다!

숙제 잘 풀어 온 학생처럼 의기양양한
응, 내 잘 있다
꼬챙이 꿰어 둔 곶감 하나씩 빼 주듯
응, 내 잘 있다

가끔은 잘못 끼운 틀니에 발음이 꼬여도

응, 내 잘 있다

무조건

응, 내 잘 있다

욕지

욕지도(欲知島)에서

겹 겹 비안개에 묻혀 석 달 열흘만 지내 보라

다시는 돌아오지 않겠다고 섬을 떠난 사람들은

섬 밖에서 또 다른 섬을 만나

입 앙다물고 죽은 조개처럼 살아간다는데

죽어도 떠날 수 없는 사람들은

서로의 겹이나 돼 주면서 산다는 곳

동항에 내리거든 누구라도 불러 세워

노적 가는 길을 물어보라

구절양장 같은 길을 구절양장으로 풀어내는 입정에서

단내가 나리라

아들 하나 딸 둘에 황구 한 마리 울타리 삼아

주렁주렁 달리는 고구마도

자식 축에 끼워 넣고 산다는 섬마을민박 종선 씨는

도적이 방문해도 손을 맞는 손처럼

반갑게 후들거릴 일이란다

방금 자부개에서 만난 해가 몸을 틀면

흰작살에서 또 떠오르고

목과에서는 아직도 떠오르는 중이고

금방 솔구지에서 넘어진 해가 구비 돌면

고래머리에서도 넘어지고

양판구미에서는 아직도 넘어지는 중이고

어느 이마에나 해가 뜨고

어느 뒷덜미에나 해가 지는 욕지에서

욕지욕지욕지하며 죽도록 살아 보라

알고 싶은 것의 듣고 싶은 것의 답이

종선 씨와 나누는 소주잔 속에 들었을지

겹 겹 비안개에 젖은 흐린 뱃길 속으로

여객선처럼 와 줄지

여근곡*

허우대가 큼직한 중년 여인이
허리를 굽히고 말만 한 처자의 등을 밀고 있다
치켜든 엉덩이, 그 둥그런 틈새로
컴컴한 광맥 입구가 드러났다 숨었다 하는데
씰룩거리는 골짜기에서
뜨거운 증기가 뿜어져 나오는 것 같다
그 광맥에서 뽑아냈을 원석을 섬기듯, 치성 드리듯
때 빼고 광내는 몸놀림은 경건하기까지 한데,
어디에 저장된 통합적 힘이
시의적절하게 발현하는 것일까?
누구에게도 들키고 싶지 않은, 아무렇게나
함부로 까발리고 싶지 않은
힘의 발원지,
축축하고 보드랍고 뜨끈해 보이기까지 한데,
먹음직스럽기조차 한데,

---

* 경주시 건천읍 신평리에 있는 지명으로 산 지형이 흡사 여성의 음부
와 비슷하다 하여 여근곡이라 전해진다.

낭떠러지처럼 접근하기 어려운 그곳

여차하면 출구를 봉쇄해

침입자를 녹여 먹을 것도 같은 그곳

강약을 조절하며 새끼를 키우고

시속(時俗)의 흐름을 짚어내는 묘수도

그곳에서 뽑아 쓰는 거 아닐까?

비밀스런 전략이 가득 들어찼을 것 같은 그곳에서

사건 하나 쑥 내질러놓을 것 같은 모녀

사우나 문을 밀고 나가 공기처럼 가볍게

세상과 섞인다

제3부

물소리를 쬐다

개울가에 나앉아
물소리에 손을 씻는다

그건
빈손으로 들어선 객지에서
오솔길 하나 내는 시간

오솔길을 걸으며
천근만근 젖은 무게를 말리는 시간

잔걱정 많은 손금을 펴
바람 한번 쐬어 주는 시간

벼랑 끝에 선 길을 돌려세워
담배 한 개비 물려 주는

물소리에 손을 씻고 있노라면

가난처럼 간단하고
단출해지는

아무렴,
내가 다 잘할 수도
내가 다 옳을 필요도 없는 거, 맞지?

벼랑 끝을 돌려
물소리 밖으로 돌아온 후에도 오래
잠잠히 타오르는 물소리

배알을 빼 버리다

벽은 벽을 뚫지 못한다

벽과 부딪쳐 만신창이가 된 사각(四角)은 이불을 푹 뒤집어쓰고 37℃ 위에서 스스로를 삭히기 시작했다

몸을 이리저리 굴리며 자세를 바꾸는 것이 불편한지 한번씩 끙! 소리가 새나오기도 했다

어느 날은 잘 삭고 있다는 듯 주제에, 쿨쿨 코 고는 소리까지 들렸다

가끔은 이불 밖으로 나와 웹툰 '미생'을 탐독하기도 했다

달포쯤 지나자 각을 문질러 버린 사각이 뭉글뭉글해진 몸으로 자승자박을 풀고 나왔다

몸에서 시쿰한 냄새가 풍겼지만, 이제는 어떤 손이 주물러도 상처 나지 않을 만큼 두루뭉술 잘 섞이겠다, 섞여서 된장도 되고 간장도 되겠다, 간에 붙었다 쓸개에 붙었다도 잘 하겠다, 누구라도 만나 악수를 하면 팔이 하나 더 돋아날 것 같은,

자신의 환골탈퇴를 골고루, 꼼꼼히 만져 보면서 그는 정형

화된 세계 속으로 천천히 걸어 들어갔다

　배알이 쏙 빠진 그의 꽁무니에는 아흔아홉 개의 꼬리가
살랑거리고 있었다

지금, 여기

―어디 가세요?
―저어기요
샛강 한 줄기를 머금은 바람 같은 그 목소리

'저어기'는 어딜까?
샛강들이 모여드는 곳?
바람들이 흘러드는 곳?

'저어기'는 저들만의 리그,
'저어기'는 나를 저어하는 곳일지도 몰라……

난전 좌판에서 무 하나를 사 들고
'저어기'의 그이와 멀어지기로 한다

가로등이 하나씩 켜지고
내가 서 있는 여기가 환히 떠오른다

꺼칠한 두 손에 입김을 불어 주며 여기로 돌아와
심심한 뭇국을 끓인다

숟가락들이 우르르 여기로 몰린다

아무도 꺼내 가지 않는

슬기네 집은 현관문을 열어 두고 산다

어머니가 공공근로 갈 때도
광훈이가 복지센터 공부 갈 때도
뇌병변장애 1급 슬기를 안에 둔 채
문을 잠그지 않고 닫아만 두고 간다

누가 누나를 데려가면 어쩌느냐고
걱정을 했더니
선생님도 안 가져가잖아요
광훈이 피식 웃으며 어둑한 실내를 향해
손끝으로 V자를 펴 보이고는 나가 버린다

종일 열어 두어도 아무도 꺼내 가지 않는,

슬기를 목욕시켜 눕혀 두고
보지도 못할 티브이나 켜 두고

현관문 손잡이를 몇 번이고 더 만지작거리다
나도 그냥 문을 밀어 두고 돌아선다

계란이 왔어요~ 계란~ 싱싱한 계란이 왔습니다~

내 불안을 떠밀며
빗장을 풀어 둔 허공 속으로
뜨거운 목청이 뛰어든다

관성

밤늦은 지하철
사내의 머리통이 자꾸 어깨 위로 떨어진다
꼭, 죄어 빳빳이 세워 두었던 고개가
조립이 풀리는 모양이다

마음이 들어 있다는 머리통
그래서 가장 높은 곳에 얹혀 있는 머리통
꼭대기에 앉아서도
발보다 더 많이 억눌린 머리통
생각이 너무 많아
늘 무거운 머리통
온종일 팽팽팽 굴리느라
뚜껑 열면 뜨거운 증기가 솟구쳐 오를 것 같은 머리통
사소한 정보 하나라도 뺏기지 않으려고
두개골로 단단히 감싸고 있는 머리통
피로가 더께더께 깔고 앉아
소프트웨어가 뭉개진 머리통

한쪽으로 꺾이자 잡동사니 생각들이 우르르 쏠리고

포개지고 찌그러진 것들끼리 서열을 정하느라

엎치락뒤치락 골 빠개질 것 같은 머리통

정신줄 놓지 말라고 안내방송이 나올 때마다

고개를 번쩍 세우고 보람줄을 그러잡아 보지만

이내 캄캄한 돌덩이가 되는 머리통

그래도 종일 몇 번이고 넥타이 끈으로

자존을 동여맸을 머리통

내릴 때가 되자

툭, 끊어져 바닥으로 구를 것 같던,

머리통에서 공손한 얼굴을 꺼내 바꿔 달고

양어깨를 두어 번 흔들어 감각을 수평으로 조절한 뒤

자동문 앞에 우뚝, 선다

절친 죽이기 프로젝트

나가 볼래?

나사 하나 삐끗하면
관계가 풀린 너는
코드를 상실하고
시스템이 작동하지 않겠지

떨고 있니?

괜찮아
플러그가 뽑힌 너를
아무도 소환할 수 없어
자유로운 행성이 되는 거야

리셋 된 너를
너도 알아보지 못하는,
한 번도 되어 보지 못한 네가 되는 거지

자, 이제
가만 눈을 감아

누군가 버튼 위에 손을 얹고
주문을 욀 거야

불 들어갑니다
불 들어갑니다

겁먹지 마
예행연습이라니까!

방심

먼 데 보고 걷다 넘어져
또, 깨졌다

후회막급이
한꺼번에 달겨들어
방심을 볶아치지만

취소할 수 없는 일보(一步)

깁스한 팔이
변명할 수 없는 입처럼 무겁다

방심하느라 놓친 불온한 기미들

매물 의뢰하러 갔다가 밥까지 얻어먹고 왔던, 그 후에도
서너 차례 더 소주와 허심탄회를 나누었던 삼천리부동산 소
장이 달포 전 급사했다는 소식을 새 간판을 달고 있는 옛 삼

천리부동산에서 듣는다

피붙이 없는 타관의 밤이 외롭다던
입양해 간 다육이가 시무룩해졌으니 한번 들러 달라던
넋두리들 속에
은폐되어 있었을 기적들

놓치고,
허방 찔리기 직전까지는
얼굴의 안쪽이 해골인 것을
잊고 산다

퀵 배송된 '제수씨와젓통'의 카톡

　아주버님, 빅 이벤트 소식 알려 드릴게요. 오늘 '제수씨'와 '젓통' 묶어서 번들 행사합니다. '제수씨'만 사셔도 '젓통'이 딸려 가는 '제수씨와젓통' 한 다발 구조죠. 이런 찬스 일 년 가도 잘 없는데 아주버님께만 귀띔해 드려요. 어때요? 구미 팍! 땡기시쥬? 이 소식을 구미 이 아무개가 들으면 자기도 사겠다며 줄뿔나게 달려올 텐데, 서로 사겠다고 개얽혀 싸우시면 아는 안면에 제 입장 곤란해지니까 소문 내지 마시고 먼저 건져 가세요. 제가 아주버님께 젤 먼저 알려드리는 건 '제수씨'와 '젓통'을 누구보다도 예뻐해 주시고 또 일전에 구매 의사도 밝히신 것 같아서 이왕이면 아주버님께 드리려고 결심했답니다. '제수씨'와 '젓통' 묶어서 아이스크림 한 통 값도 안 되니 완존 대박 찬스죠! 오늘, 날씨도 꾸릿꾸릿한데 '제수씨'와 '젓통' 사이 오르락내리락하시면서 스릴 만끽하세요. 가격은 싸지만 심야 배스킨라빈스*의 살인적인 맛보다 더 짜릿할 거예요. 아주버님, 퍼뜩 입금해 주시면 '제수씨와젓통'을

---

* 조동범의 시 「심야 배스킨라빈스 살인 사건」에서 인용

퀵으로 잽싸게 배송해 드릴게요. 그럼 빵긋^^ 답신 기다리며
이만 총총.

내가 만난 부처

문안으로 드니

기와불사만원입니다기와불사만원입니다기와불사만원입니다……

대웅보전 한 귀퉁이에서 젊은 보살이 염주를 돌리며 기와불사만원입니다경을 외고 있었다

나는 나대로 내귀는쇠귀내귀는쇠귀내귀는쇠귀…… 백팔배를 올리며 내귀는쇠귀경을 읊조리는데

시주 없이 얻어먹은 절밥이 짰던지 목이 빠작빠작 탔다

문밖으로 나와

감로수 한 바가지 훤—하게 들이켜고 나니 살 것 같았다

때마침 바람마저도 쿨—하게 불어 주었다

모두 공짜였다

과욕

큰 집에 사는 것도
큰 이름을 얻는 것도
부럽지 않은데
자갈자갈 흘러가는
여울물은 탐난다

저 어려서 명랑한 허리,
한 발(髮)만 걷어와 벽에 걸어 두고
눈도 귀도 입도 헹구며 살까?

길

　죽음이간다죽음이죽음을따라간다죽음이죽음을끌고간다
죽음이죽음을밀면서간다죽음이꼬리를물고간다떠밀려가던
죽음이슬쩍,샛길로빠져버리자빈자리를향해액셀러레이터를
밟는다간혹뒤집혀찌그러진죽음이새어나오기도한다죽음이
죽음을향해서간다와이퍼로죽음을닦으며간다내비게이션의
안내를받으며간다죽음끼리마주보며간다맞은편죽음이건너
올까쩐─한썬팅속에숨어서간다죽음에도착하기도전에갑자
기죽음이벌떡,튀어나올까봐보험들고간다

보따리장수와 의자

웃음치료 특강을 마치고 복도를 지나다
교무실 안을 엿보게 되었다
의자는 흐트러짐 없이
자리를 잘 지키고 있다

차렷 자세로 잘 앉아 있는 의자들을 보면
저절로 깍듯해진다 아니,
학생주임의 훈계를 듣고 있는 것처럼
기죽는다 까놓고 말하면
부당하게 나만 맨땅에 나앉은 것 같아
분이 날 때도 있다

자리 없이 여기저기 돌아다니며
웃음이나 팔아먹고 사는 나를 친구들은
보따리장수라 부른다
보따리장수의 의자는 보따리!
나는 털털 웃는다

운동장에는 소사 아저씨가

허공에 나팔꽃의 의자를 내놓느라

줄기 끝에 끈을 달아 옥상 난간에 붙들어 매고 있다

내가 풀어놓은 웃음에 앉아 배꼽을

뺐다, 꽂았다 할 청중들을 떠올리며

또 보따리를 옮긴다

보따리 속에는 장수급 웃음이 폭발 장치 중이다

똥심

멸치 똥을 발라내려는데
마지막 보루인 양
딴딴히 뭉친 척추동물의 의지가
탄환처럼 손톱 밑을 파고든다

방심이 제법 욱신하다
어이없어 통증을 한참 들여다본다

물결을 몰고
해류를 거스르던 오기,
똥의 힘이었나

다 똥심인 거여! 라는 말을
악취처럼 달고 다니던 아재
자기가 던진 그물에 물고기처럼 걸려 와
부검하기 전 마지막 본 그의 두 다리는
잔뜩 오므리고 있었다

똥까지 부검하는 건 아니라고
죽은 힘을 다해 거부하고 있었다

항로를 변경한 멸치가
아들놈 배 속으로 헤엄쳐 간다

똥이 되러 간다, 힘이 되러 간다.

상강(霜降)

하늘이 짯짯한 바다 같은 날이다

구름이 다도해 섬처럼 떠 있는 날이다

망연자실
섬에서 섬으로 떠밀려 다니는 날이다

섬과 섬 사이에서
내가 파도치는 날이다

고향에 다녀와야겠다

제4부

벗

동백이 피려고 할 때부터 공연히 동백 보는 것이 아팠다. 동백이 피어 있던 때도 무턱대고 아팠다. 꽃이 지고도 별일이야! 싶을 정도로 아팠다. 범주 할아버지가 심었다는 동백. 할아버지 돌아가시고 범주가 할아버지 모시듯 돌보았다는 동백. 범주 엄마가 뿌리에 흙을 단단히 처발라 비닐로 꽁꽁 싸매 트렁크에 실어 주며 벗처럼 잘 섬겨 달라던 동백. 그 앞에 설 때면 '마음이 얕으면 섬기지 못한다'는 말을 되새김질하게 되는 동백.

오래된 실패

푹푹 끓는 곰국을 식힌다
냉동실에 살짝 얼려
굳은 표층을 말끔히 걷어낸다
용기를 랩으로 바짝 둘러 흔들리지 않도록
단단히 고정시킨다

제법 담담해진 곰국

신혼집으로 향하는 차가 출발한다
순간,
나는 곰국에서 걷어낸 기름이 된다

곰국을 끓일 때면
늘 기름기가 걱정이었다
혈관을 막을 수도 있다는 소기름

온수를 퍼부으며 개수구로 떠밀어내도

싱크대 바닥을 빙빙 돌며

밍기적거리는,

자식에게 엉겨 붙는

맹목 같은,

차가 시야를 완전히 벗어나자

굳었던 기름은 뜨겁게 흘러내리기 시작한다

안개지대
　―일탈

비상등을 켜고
두 눈알을 길게 뽑아내고
핸들에 바짝 매달린다

손은 손목을 잡을 수 없고
이마는 뒤통수를 지킬 수 없고
오른 눈알은 왼 눈알을 보지 못하는

가장 가까운 것끼리 가장 어쩌지 못하는
그런 길을 달려와서
길을 잃었다

온몸이 혀인 안개지대는
표지판이 없다

신호등이나 횡단보도도
조향등이나 계기판도

좌회전이든 우회전이든
유턴이든 후진이든
혀에 닿자 다 녹아 버린다

해가 떠오르면서
뒤엉키고 꼬인 방향이 드러난다
표지판이 허공을 길로 급히 수정한다

이정표와 핸들을 확인하고도
출발하지 못한다

손목을 잘라낸 손
뒤통수를 벗어난 이마
왼 눈알을 따돌린 오른 눈알
잃어버린 길 위에서

불안이 브레이크를 꽉, 밟고 있다

즐거운, 질주

호상이지
한창때잖아

조문객들은 주인공들을 들러리 세우고 기념사진을 찍었다
오동도, 오동동, 오동동이야…… 죽음도 동동 꽃으로 피는 섬
내 죽은 날에도 와서 기념촬영 할 거지?
누군가의 농담에 누구는 실없이 수첩을 꺼내
다음 행선지를 확인하고 또 누구는 호주머니에 손 넣고
날아가는 갈매기를 향해 휘파람을 날렸다 몇몇은
공중화장실로 몰려가 동백 아가씨를 내갈기며
남은 조의를 마저 비워내기도 했다

저마다 푸른 여수를 들이켜며
저마다 붉어지는 생각의 저녁

다시, 디스코 메들리가 조문 버스를 싣고 가속 페달을 밟기
시작했고

잠시 휘청거린 봄날이

질주를 타고 동동 즐겁게 죽어 갔다

러닝메이트

남자가 여자 머리채를 잡고 온 거실을 싸돌다
냅다, 후려 던진다
놀란 벽이 천둥소리를 내며 휘청, 튕겨나가다
얼른 제자리에 붙는다
발라당 뒤집힌 여자가 고통을 빼내 보려고
이마로 방바닥을 연거푸 짓찧는다
옷을 찢어발기고 살을 헤집으며 끄집어내 봐도
더 딴딴히 뭉치기만 하는 통증
욕설과 게거품이 혼신을 다해 거들어도
아픔은 빠지지 않고
여자가 벌떡 일어나 남자의 가슴팍에 온몸을 날린다
옆구리를 움켜쥔 남자가 고통을 되받아 차내자
여자가 머리통을 싸안고 현관 쪽으로 굴러간다
괴성이 따라 구르느라 죽는소리를 낸다 시계도 뛰고
바닥도 천정도 덩달아 쿵쾅쿵쾅 뛴다 기록을 갱신하며
풍비박산도 뛰고 보조를 맞춰
아이들 울음도 길길이 날뛴다

주민들 항의도 경비실 인터폰을 향해
일심으로 뜀박질 중인 한밤

어깨를 걸고 힘껏 달려와 넘어지는,
넘어지면 일어나 달리고 넘어지면 일어나 다시 달리는
파도치는 바다에서

새벽이 배턴 터치를 준비 중이다

대리인

종일 낯선 곳을 헤매다
멈춰선 사거리

어느 쪽이 방향인지
네 갈래 길 위에서 네 갈래로 찢어진 채
또다시 흔들리는데

내가 선 이곳은 어디지?
종일 들고 다닌 이 낯짝은 누구 것이지?

밤으로 돌아가
이 낯짝을 벗어 두어야겠는데

얼굴과
단단히 맞붙어 버린
낯짝

무수히 많거나

아예 없거나

어디로도 들어설 수 없는

좌표들 앞에서

낯짝을 놓치지 않으려고

낯짝에 한사코 들러붙은

얼굴이

결코 해고할 수 없는

낯짝

누명처럼 뒤집어쓴

도무지 낯선

내 얼굴의 짝

등 뒤

상가에 갔습니다
고인의 마지막이 참 쓸쓸했다고 내 등에 기대 우는 상주
에게
쓸쓸하지 않은 마지막이 어디 있겠냐고 말 내밀고 보니
부의 봉투 두께만도 못 되는 말부조였습니다

서둘러 상가를 나와
무궁화가 맥없이 지는 돌담을 지나
다리를 건너고
신호등을 건너고 무사히
생기가 붐비는 상가에서
카트 가득 먹거리를 담았습니다

상주의 말이 굴러가는 바퀴에 한 번씩 제동을 걸었지만
원 플러스 원 행사에 바퀴는 멈출 줄을 몰랐습니다
수북이 쌓인 먹거리들 손질할 생각에 마음 급해져
빈소의 쓸쓸한 무게는 슬그머니

계산대 옆에 내려놓고 돌아섰습니다

늦은 설거지를 끝내고
종일 세워 두었던 등을 내려놓을 시간, 바닥에 누우니
아까 모른 척 떼놓고 온 슬픔이 뒤를 밟은 건지
오톨, 살갗에 소름이 돋습니다

자꾸만 보채는 등 뒤를 떼어내
몸 바깥으로 옮겨 놓고 눈을 감습니다

내일은 치과 예약이 잡혀 있고
토요일에는 동숙이 딸내미 결혼식에 가야 합니다

오른짝이 아쉽다

오른손잡이인 나
자꾸 오른짝 고무장갑만 찢어진다

살수록 왼짝만 수두룩 남아

버리긴 아깝고
왼짝을 뒤집어 오른손에 껴 보면
손에 잡힌 것들이 자꾸 미끄러진다
일이 안 된다

왼짝을 뒤집어 오른손에 끼는 나는
수두룩하니 남은 왼짝 중 하나 아닐까
명색이 오른짝의 짝이면서도
보조용밖에 못 쓰인 건 아닐까
반대를 위한 반대편에 붙어
옳은 편의 촛대뼈나 까다
허방 나가떨어진

오른손에 뒤집어 낀 왼짝을 벗으며

김수환 추기경님
성철 스님
……

불쑥,
사라져 간 오른짝들을 떠올린다

일루젼(Illusion)

아버지의 환이 죽었다, 한다. 불국 가는 길에서 여보란 듯 늑골 하나 뽑아 제 심장을 관통시켜 버렸다나. 사람들은 무슨 업보냐는 명문장을 부의봉투에 넣어 조문 왔다. 근조는 우리 형제 중 아무도 부담하지 않아도 되는 비용. 나는 마른 눈물을 고의적으로 척, 척, 문지르며 영정 앞에서 원금과 이자 받아내듯 빠득빠득 국밥 한 그릇만은 다 비웠다. 공납금 청구 갔다 지청구만 듣고 돌아섰던 그 애 집 앞에서 촬촬 찢어발겨 밟아 버리고 온 세일러복을 떠올리며 들러붙은 기름 기까지 빡빡 헹궈 먹었다. 보험사와 소속사 간(間) 책임을 부검하는 이레 동안 담보 물건이 된 환은 스무세 해의 기억을 더 여물게 꽝꽝 냉동시키고 있었다.

팔자를 끓이는지 늘 누런 촛농이 덜컹거리는 그의 두 눈은 평생 사시였다. 좁다란 골목 하나뿐인 유년의 길, 우리는 행인 1. 2.처럼 서로를 비켰지만 교행마다 자신의 길 일부를 내줘야 했다. 어떤 교행 후에는 몸과 몸이 비키며 정확히 일직선을 이루던 그 지점으로 되걸어가 실루엣만 남은 그의 길을 슬멋, 껴입어 보기도 했지만, 갈래 다른 핏줄을 맞붙인다 한들 한통속으로는 흐르지 못할 서름서름한 기형의 기호, 혈육. 언제나 호칭은 생략됐다. 가시가 빳빳한 그의 그림자는 점점 커져 언젠가 골목길을 다 점령해 버릴까, 나도 차차 사시가 되어 갔다. 비뚤어진 눈으로 열쇠를 코앞에 두고도 엉뚱한 곳에서 더듬거리기 일쑤였다. 각도를 벗어난 내 동안근(動眼筋)은 결국 궤도 밖으로 나를 내몰았고 세일러의 빳빳한 포부 따위도 안중에서 스름스름 희미해져 갔다.

불국 가는 어디쯤 아버지의 환을 환하게 흩어 버렸다. 국밥 기름기 같은 환이 사라졌으므로 나는 작위적 슬픔을 내려놓았다. 더도 아닌 이복동생의 죽음 같은 슬픔. 랜덤으로 불려와 남매가 된 우리, 망창스레 울 건 무언가. 그가 빠져나간 빈 구멍을 따라 돌며 객쩍게 환! 소리 질러 보았다. 실명(失命)이었다. 지하로 치닫는 나선형 계단이 나를 향해 솟구쳐 오르는 것 같았다. 해골도 녹아 버릴 염천 한낮, 불덩이를 싸지르고 싶다, 정부에게 급한 요의를 타전하며 불국을 빠져나오는데 누나! 하고 어린 환이 울면서 따라붙었다. 선뜩, 돌아서다 처음으로 동생과 눈이 딱, 맞았다. 몸속 핏물이 싹, 다 빠져나가고 없었다.

미안해요 산초나무

다만
아카시아 잎인지
산초 잎인지를
몰랐기 때문에
나는 산초나무를
그냥 두었다

산초 잎인 줄 알았다면
그 어린 것을 뿌리째 뽑아 와
내 영혼 한가운데 옮겨
심었을 것이다

그 바다에 다시, 서다

아버지가 고등어를 들고 오시는 날엔
통째로 걷어 온 바다로 온 집안이 출렁거렸다

어딘가 닿기 위해 온 바다를 휘젓고 다녔을 고등어
불판 위에서도 해류를 거슬러 가는지
몸 뒤집는 소리가 거셌다

―쪼매마 더 기다리거래이
부레처럼 부푼 어머니 음성이 삽짝 밖으로 튀었고
거센 파랑을 잠재울 때까지
우리는 침 삼키는 일조차 끈질기게 얌전했다
앉은뱅이 책상 다리 같았다

물결을 떼어내 오래오래 씹으며
동생은 GPS가 있으면 좋겠다고 했고
나는 그물과 미끼를 구상했다
언젠가는 바다를 통째로 삼켜 버리리라, 다짐한 것도 같다

―이 양반 고등어 잡으러 어디까지 가신 기고?
아버지를 잃고 점점 엉킨 그물 되시는 어머니
입매에 날물때가 지나고 있었다

그물을 들고
등 푸른 바다를 찾아 나서는 늦은 오후
누군가가 이미 가두리해 둔 바다에서
수평선이 점점 목을 조여 왔다

그물을 버리고
왈칵, 온 바다를 들이켜기 시작했다

내리막길

앞만 보고 올랐던 길
내려올 땐 다리가 꼬여
뒷걸음으로 내려온다

두서없이 밀어 넣어
구겨지고 접힌,
더러는 끊어지기도 한 길들이
후들후들 풀어지는 걸 바라보며
거꾸로 걷는 내리막길

호흡에 걸려
박자 놓치고 바닥 놓치고
까딱, 낭떠러지처럼 무너질까
반걸음씩, 반걸음씩, 걸음을 맞붙이고 걷는

지천명,
몸과 마음이 서로 부축해 주느라
서로를 향해 잔뜩 기울었다

링반데룽*

산을 받아 들고
강물이 내려 걷는다
걸을 때마다 반짝, 일었다 스러지는
나이테, 주름살이 명랑하다
그, 즐거운 몸속에 숨겨진 말씀을 훔치려
등 한쪽 찢어 보았다
걸음걸음 제 걸음을 지우며 걷는
내력 한 줄 없는 물의 내막

대낮에도 어둑한 내 두 눈은
그 긴 문장의 방점 하나 훔쳐내지 못했다

물 위에서 링반데룽이다

---

* 등산자가 방향감각을 잃고 출발했던 지점으로 다시 돌아오는 것을
  뜻하는 등산 조난용어

가만
― 스승

모두 우르르 몰려나간 뒤, 불 끄고 문 닫고 돌아서는 맨 나중 사람의 가만한 손놀림처럼 비가 온다 가만 다녀가는 이 겨울비가 '첫'을 불러오고 싹을 틔우고 애채를 키울 것이다

가만, 나의 뒤를 닫아 주고 돌아서던 맨 나중 사람의 얼굴이 나를 열고 있다

해설 · 시인의 말

언어의 보따리와
멜랑콜리(melancholy)에 대한 저항

권성훈 (문학평론가, 경기대 교수)

1

시는 스스로 말할 수 없다. 시인으로부터 세계와 사물로부터 발굴되는 시는 표기된 말로 감각되며 일정한 시작 방식으로 존재한다. 시작의 다양성을 보여 주는 이러한 모드는 경험을 보존하고 의식을 완성하는 차별화된 시인의 세계다. 자아와 세계의 동일성을 추구하면서 있을 법한 것을 있는 그대로 사유하는 '투사적 시편'과 비동일성을 개진하면서 이전의 사고를 전복시키는 '전위적 시편'이 있다. 이 전위적인 시편을 '시적인 것'이라고 할 수 있는 바, 시적인 것을 모색하는 시인일수록 기존 체계에 저항하기 마련이다. 이 저항의 대처는 체계화된 질서에 맞서 길들여진 언어를 거부하며 새로운 상상력을 자신의 언어에 주입하면서 나타난다. 그것은 '시적인 것'의 차원에서 '이런 것'도 시가 되며 '저런 것도 시가 되는 인식의 반전과 시적 통찰을 통해 회화된다. 이처럼 비동일성을 추구하는 시어는 시적인 것으로서 새롭게 구성되는 미학이면서 모더니즘이 지향하는 의식이기도 하다.

윤이산 시집 『물소리를 쬐다』는 관습화된 지각을 거부하고 남다른 감각으로 세계를 해학적으로 인식하고자 한다. 요컨대 그의 시편들은 사물과 세계가 어떻게 보여 주고 있는가라는 현상이 아니라 어떻게 보여 주지 않고 있는가라는 반대적 의식에서 비롯된다. 그러므로 보여 주지 않는 것을 가로질러 보게 하면서 관습을 벗겨내고 그 안에 있는 근원적 세계, 즉 존재론적인 것을 즉물적으로 마주하게 한다. 이를테면 말하지 않는 말로써 말하고 있는 세계를 고지하고, 경고한다는 것이다. 말하지 않음은 말할 수 없음의 표현이 아닌 말하는 것을 피하는 것이 되며 이러한 능동적 회피는 말과 의미의 지평에 공백을 기입하는 것으로서 확장성을 가진다.

요컨대 '시인의 말'에서 "물끄러미 돌멩이를 바라보면/돌멩이는 말이 없고//말이 없어도/나는 돌멩이를 듣고//내가 그저 물끄러미 돌멩이를 바라보면/돌멩이는 나를 다 알아듣는 것도 같고//그래도 돌멩이와 나는/각자의 기척 속에 고립되어 있고//고립 속에서 돌멩이는 돌멩이를 묵묵히 견디고/고립 속에서 나는 나를 덤덤히 견디고"라고 고백한다. 이처럼 시인은 돌멩이가 견뎌 온 수만 굽이의 생애들이 침묵으로 뭉쳐 있다는 것, 돌멩이의 잠재적 에너지와 가능성과 위대함을 알아차리는 자다. 그리하여 태고부터 시간 여행을 하고 있는 돌을 통해 그 안에 있는 고요한 물소리와 바람 소리를 듣고 텅 빈 침묵으로 가득 찬 우주의 소리에 귀 기울이는 존재다.

2

그것은 세계에 대한 인식의 갱신으로서 "흐릿해진 기억에 불이 켜지고/먼 거리를 성큼 당기며"(「문득, 생각나서」) 사물을 지각하는 데 제동을 걸면서 시간을 연장시키면서 발생한다. 사물을 지각하는 작용 사이에서 끊임없이 일어나는 "꽉 조여 있던/당신과 나 사이"(「간격」)의 마찰과 애매함으로 '간격을 조정'하며, 언어를 물들이면서 대상이 가진 의미를 부식시켜 또 다른 감각을 되찾아 주는 것이다. 윤이산의 시편은 대각적 인식을 통해 존재를 관통하는 방편으로서 그대로 드러난 사물도, 대상의 음영도, 불투명한 세계도 아닌 "언 손도 텅 빈 손도/언제나 군말 없이 받아 주던/내겐 최측근이었던 호주머니"(「큼지막한 호주머니」) 속을 상상하게 한다. 이때 호주머니는 "메모지도 넣고 돋보기도 넣고/자전

거도 넣고 여행도 넣고 휘파람도 넣고/달걀 한 꾸러미 넣어
두면 저들끼리 알아서" 통합적 이미지를 구축하는 것, "여기
서 시는 이것도 저것도 아님을 만들어내기 위한 것이며, 그
것이 전혀 다른 어떤 것, 즉 모든 예와 아니오의 대립이 놓
치고 있는 것임을 제안하기 위한 것이다." * 이처럼 그의 시
편은 호주머니를 통해 전혀 예상치 못했던 "땅에 묻고 돌아"
온 "이젠 더 넣을 것도 꺼낼 것도 없는/아버지의 무덤"을 담
아내는 것이다. 이것과 저것도 아닌 시적인 것을 찾아가는
시인의 세계는 보여 주는 것을 거부하면서 "마음이 들어 있
다는 머리통/그래서 가장 높은 곳에 얹혀 있는 머리통/꼭대
기에 앉아서도/발보다 더 많이 억눌린 머리통/생각이 너무
많아/늘 무거운 머리통"(「관성」)에 시선을 꽂는다. 그는 이
미 증명된 것을 준거하지 않으며 "포개지고 찌그러진 것들
끼리 서열을 정하느라/엎치락뒤치락 골 빠개질 것 같은 머
리통"을 통해 완성된 것을 완수하지 않는다.

　　치켜든 칼을 내리치자
　　수평선이 툭, 끊어진다

　　워밍업을 끝낸 사내,
　　작심의 날을 벼린 칼끝에

---

* 　알랭바디우, 장태순 역, 『비미학』, 이학사, 2010, 79쪽.

시퍼런 물빛 긴장이 스치더니
고등어 배가 갈라지고
뼈와 껍질에서 살점이 분리된다

껍질이 벗겨졌는데도 여전히
속살에 배어 있는 물결무늬
엔진과 스크루 없이도 무늬를 저어
바다를 밀고 갈 기세다

칼질이 남긴 살점 위로
한 차례 거친 발버둥이 지나고
사내의 단호한 칼날이 단숨에
몸부림을 떠낸다

솜씨, 귀신같아요 진짜, 꾼이신가 봐
새콤한 찬사를 들고 누가 즉석 상차림 앞에 끼어든다

회는 무엇보다 칼맛이죠
번개 스치듯 단박에 베어 줘야 합니다
그것이 산목숨에 대한 예의기도 하고요

몸 안 가득 번지는 피비린내를 소주로 헹궈낸 사내가

바다를 향해 밀린 오줌을 갈기고는
칼을 좀 더 갈아 두어야겠다며 사포를 꺼낸다

바다 한가운데, 흔들리는 상판 위에서
칼맛을 씹는다

곧 물때가 바뀔 것 같다

—「칼맛」 전문

어떤 것이 관심을 촉발시킨다는 것은 그 사물의 현존이 쾌
감을 준다는 것이다. 미적인 것과 연결된 쾌감은 원칙적으로
감정에 기반을 두며 주관적인 것에서 타자들의 동의 하에서
보편성을 가진다. 이때 쾌감은 이전에 감각되지 않은 것을 감
각하게 되는 것이며 새로움을 더하는 것으로 '쾌'와 '불쾌'를 넘
어서 다른 것에 도달하고자 한다. "치켜든 칼을 내리치자/수
평선이 툭, 끊어진다"라고 시작되는, 위 시편 「칼맛」은 바다를
가르는 칼로서 행사되며 맛이라는 쾌감을 드러낸다. 나아가
일반적인 칼의 용도를 벗어나 칼을 초월하는 상상력의 칼로
등장한다. 또한 '칼맛'은 칼과 맛의 합성어로서 "솜씨, 귀신같
아요 진짜, 꾼이신가 봐"라는 표현처럼 칼 솜씨의 미학을 드러
내는 한편, 이는 시작술의 미학으로 환원할 수 있다. 이를테면
"고등어 배가 갈라지고/뼈와 껍질에서 살점이 분리"되는 현

장에서 "껍질이 벗겨졌는데도 여전히/속살에 배어 있는 물결무늬"는 사물의 내부를 포획하는 심상이다. '사내의 단호한 칼날'은 한 번 붓을 그은 자리를 다시 그으면 '글맛'이 살아날 수 없는 일필휘지(一筆揮之)의 이치와 동일하다. 따라서 '바다 한가운데, 흔들리는 상판'에서 흔들리지 않는 칼맛이 상징하는 것은 글맛과 하나로 통합되어 나타나는 이미지다. 그것은 이 시에서 바다를 중심으로 살아온 사내와 고등어가 '칼'을 통해 동화되는데, 거기에는 삶이라는 '시퍼런 물빛 긴장'이 서려 있기 때문이다. 말하자면 사내로부터 칼질당한 '고등어 무늬' 속에서 그동안 푸른 바다를 헤엄치며 살아온 살점의 기표이며 '바다를 밀고 갈 기세'로 발버둥 치고 있는 사내를 보게 하는 것이다.

그에게 시는 순간적으로 언어를 낚아채는 '노련한 한 수'(「조력(釣歷)」)를 가진 '언어의 낚시꾼'같이 망망대해의 바다 위에서 "파도가 일었다/파도가 갈앉고/파도가 일었다/파도가 갈앉고/파도가 일었다/파도가 갈앉고//일었다 갈앉는/파도가 있다가//석양녘엔/바다가 되어 버린/나만 있었다." 파도를 향해 낚싯줄을 던지는 어부처럼 시인은 허공이라는 상상력의 세계에서 언어를 낚아 올리는 수사와 다르지 않다. 이러한 윤이산의 시의식의 중심에는 "큰 집에 사는 것도/큰 이름을 얻는 것도/부럽지 않은데/자갈자갈 흘러가는/여울물은 탐난다"는 묶여 있지 않은 자유에의 의지가 빛난다. "저 어려서 명랑한 허리,/한 발(髮)만 걷어와 벽에 걸어 두고/눈도 귀도 입도 헹구며 살까?"라는 표현처럼, 우리는 그의 시에서 타성을 거부하고 세계라는 '오브제의 바다'에서 나날이 새로운 언어를 낚아채는 '수사의 구현'을 목도한다.

3

어느 쪽이든 입구야
소문처럼 드나들 수도 있지
구름의 방은 잠겨 있지 않거든
슬쩍 샛길로 난 문고리를 당겼어
이부자리처럼 대기 중이던 그,
잠가 둔 내 감각에 열쇠를 꽂더라구
중력을 버려, 버려 봐, 달팽이관을 녹이는 그의 입김에
잡고 있던 도덕 같은 거, 한 줌씩 내다버렸지
해의 눈알이 CCTV처럼 떠 있는 오후,
뭘 잘못 먹은 것처럼 잠시 구역질은 하겠지만
구름을 실토하는 실수 따윈 저지르지 않을 거야
구름은 이미 몸 바꾸었을 테니깐 알리바이가 사라지는 거지
누구든 한 번쯤 낯선 방을 다녀온다는 소문이
새삼 쇼킹한 사건은 못 되잖아?

다시 안정된 걸음으로 배정받은 노선을 걸을 거야
정장을 입고 갤러리에 들르거나 아이를 데리고
치과에도 가겠지 마트에서 잘 익은 과일을 고르고
야무진 밥상에 코미디를 동동 띄운 후식도 낼 거야
체위를 바꾼 구름의 방에 다시 들를 때까지
중력을 잡고 견딜 거야

구름이 가끔 치명적인 돌풍으로 몸 바꾸기도 한다는 충
고 따윈,
잇는 게 좋아

—「구름의 방」 전문

모든 운동은 있는 것에서 시작하여 없는 것으로 마무리하
지만 면밀히 살피면 운동이란 있는 것과 있는 것 사이와 맞
닿아 있다. 여기서 있다는 것은 있으므로 다른 있는 것으로
부터 규정된 것이며 있는 것이 있는 것과 나란히 있거나, 겹
쳐져 있거나, 마주 보고 있는 등 하나의 대상이 또 하나의
사물과 인과관계를 맺고 있다. 우리의 삶도 개별적인 것 같
지만 그 실체는 세계 안에 놓여 서로 존재함으로써 규정될
수 있는 것처럼 자신이란 있는 것과 있는 것 사이의 운동성
에서 비롯되는 것이다.
　그러나 물의 응집으로 구성된 구름의 경우 있는 것도 없

는 것도 아닌 규정되지 않은 그 무엇이다. 은밀하게 보면 구름은 흐르는—물도, 멈춰진—수증기도 아니면서 하늘에서—만 흐르는 물이 되고, 하늘에서—만 멈춰진 수증기로 존재한다. 그러면서 구름은 구름 안에서 구별되지 않으며 셈에 의하여 자유롭게 뺄 수도, 더할 수도 있는 것으로 형상화되는데, 마치 무의식의 꿈처럼 무규칙이고 입구와 출구가 없으며 눈을 감았다 뜨는 것처럼 순식간에 증발하므로, 있다고 있는 것이 아닌 환영과 같은 것이다. 이 시편 「구름의 방」 역시도 '어느 쪽이든 입구'가 될 수 있으며 반대로 출구가 될 수 있다. 다만 '소문처럼 드나들 수 있는 방'을 가진 구름은 잠겨 있지 않기 때문에 가능한 것이다. 구름은 어디에도 걸리지 않는 자유로움이 형상화된 것으로서 "잠가 둔 내 감각에 열쇠를 꽂더라구/중력을 버려, 버려 봐, 달팽이관을 녹이는 그의 입김"을 통해 상상력의 에너지를 보여 준다. 이처럼 시인에게 "구름은 이미 몸 바꾸었을 테니깐 알리바이가 사라지는 거지/누구든 한 번쯤 낯선 방을 다녀온다는 소문"처럼 새롭게 발견되는 소문처럼 있을 법한 언어라는 것. 오직 텅 빈 상상력은 구름처럼 무규정이고, 실체가 없는 것이 곧 있는 것을 있게 하는 것으로 가능성을 확대시키는 것이다. 이 또한 보이는 것을 보여 주는 것이 아니라 보여지지 않는 것을 통해 보여 주고 있음을 가르쳐 준다.

이처럼 「구름의 방」은 물질의 현상을 드러내는 현존의 문

제보다는 실체가 아닌 것, 보여 주지 않는 것에 가 닿는다. 그것은 "온몸이 혀인 안개지대는/표지판이 없다"(「안개지대」)라는 표현에서도 이어진다. 안개지대에서 '표지판'을 볼 수 없을 때, 양방향의 길에서 한 방향의 길을 찾지 못하는 순간 전체가 길이 되는 역설의 현장을 보여 준다. 요컨대 한 몸에 붙어 있는 "손은 손목을 잡을 수 없고/이마는 뒤통수를 지킬 수 없고/오른 눈알은 왼 눈알을 보지 못하는"이라는 구절을 보자. 같은 손의 손등은 손바닥을 잡을 수 없고, 이마는 뒤통수를 볼 수 없고, 오른쪽 눈은 왼쪽 눈을 보지 못하는 등 신체를 구조화해서 서로 볼 수 없기 때문에 보이는 것, 있다고 해서 있음을 감각할 수 없는 것, 없다고 해서 없음을 확정할 수 없는 것, 바로 한 치 앞도 알 수 없는 안개로 뒤덮인 이 세계는 있음으로 없고, 없음으로 있는 '안개지대'로서 의미망을 관통하게 하며 세계에 대한 구조적 모순을 직시하게 한다.

4

허우대가 큼직한 중년 여인이
허리를 굽히고 말만 한 처자의 등을 밀고 있다
치켜든 엉덩이, 그 둥그런 틈새로

컴컴한 광맥 입구가 드러났다 숨었다 하는데
씰룽거리는 골짜기에서
뜨거운 증기가 뿜어져 나오는 것 같다
그 광맥에서 뽑아냈을 원석을 섬기듯, 치성 드리듯
때 빼고 광내는 몸놀림은 경건하기까지 한데,
어디에 저장된 통합적 힘이
시의적절하게 발현하는 것일까?
누구에게도 들키고 싶지 않은, 아무렇게나
함부로 까발리고 싶지 않은
힘의 발원지,
축축하고 보드랍고 뜨끈해 보이기까지 한데,
먹음직스럽기조차 한데,
낭떠러지처럼 접근하기 어려운 그곳
여차하면 출구를 봉쇄해
침입자를 녹여 먹을 것도 같은 그곳
강약을 조절하며 새끼를 키우고
시속(時俗)의 흐름을 짚어내는 묘수도
그곳에서 뽑아 쓰는 거 아닐까?

비밀스런 전략이 가득 들어찼을 것 같은 그곳에서
사건 하나 쑥 내질러놓을 것 같은 모녀
사우나 문을 밀고 나가 공기처럼 가볍게

세상과 섞인다

—「여근곡」전문

위 시편「여근곡」은 경북 경주시 건천읍 신평리에 소재한 지명으로서 그곳 산 지형이 여성의 음부와 비슷하다고 해서 붙여진 이름을 모티브로 한다. 이 시 역시 '여근곡'의 이미지를 '허우대가 큼직한 중년 여인'으로 해학적으로 치환하면서 '치켜든 엉덩이'와 '그 둥그런 틈새' 속 보이지 않는 것을 통해 어떤 무언가를 보게 한다. 산은 인간의 삶을 영위해 나가는 신령하고 초월적 장소로서 수많은 신화와 전설이 생성되는 상상력의 발원지다. 또한 풍수지리학적으로 산은 그 형상을 이어 가는 흐름이 인간의 기운과 같이 흘러간다고 해서 그 흐름의 핵심에는 기(氣)가 존재하고 있다고 본다. "컴컴한 광맥 입구가 드러났다 숨었다 하는데/썰룽거리는 골짜기에서/뜨거운 증기가 뿜어져 나오는 것 같다"라는 표현과 같이 보이지 않지만 음양으로만 보이는 '뜨거운 증기'의 흐름을 받아들임으로써 중년 여인의 풍성한 육체와 연결을 시도하고 있다. 시는 "그 광맥에서 뽑아냈을 원석을 섬기듯, 치성 드리듯" 하는 '여근곡'의 에너지를 '어디에 저장된 통합적 힘'으로 묘사하며 '힘의 발원지'를 작동시킨다.

이 힘의 발원지에는 기의 흐름을 바탕으로 한, 여성성과 역사적 사건이 함의되어 있다. 선덕여왕은 옥문(玉門)을 여근(女根)으로 해석하여 여근은 음(陰)인 바, 남근(男根)이 여근 속으로 들어가면 토사(吐死)한다는 음양설을 인용하여 적군(남근, 백제 군)을 몰살시켰다. 이를테면 '축축하고 보드랍고 뜨끈해 보이기까지' 한 '낭떠러지처럼 접근하기 어려운 그곳'이야말로 '여차하면 출구를 봉쇄'할 수 있었고, "침입자를 녹여 먹을 것도 같은" 곳으로서 안성맞춤이었던 것. 그러면서 해학적으로 "강약을 조절하며 새끼를 키우고/시속(時俗)의 흐름을 짚어내는 묘수도/그곳에서 뽑아 쓰는 거"라고 하면서 모성성을 겹쳐서 보여 주기도 한다. 마지막 연에서는 "비밀스런 전략이 가득 들어찼을 것 같은 그곳"이 바로 '사우나'라고 회화하며 또 다른 반전을 주면서 '세상과 섞여' 사는 수많은 '여근곡'을 생동감 있게 만든다.

5

이와 같이 해학적으로 물질과 세계를 바라보는 윤이산의 시는 규정된 것 속에서 또 다른 해석을 더해 있는 것과 없는 것 사이 '시적인 것'으로 시화한다. 그의 시가 남다른 것은 없는 것을 있는 것으로 재현함으로써 의미를 재해석하기도 하며, 있는 것과 없는 것이 관계를 맺게 한다는 점이다. 없는 것이 있는 것을 본다는 것은 모순이지만 이 모순이 그의 시세계를 추동시키는 시적 힘이 되는 것이다. 윤이산 시인은 "서로 관련 있는 것끼리 선으로 연결하듯/내 몸과 맞대어 보고, 비교분석하며 먹습니다/감자는 배꼽이 여럿이구나, 관찰하며 먹습니다/그 배꼽이 눈이기도 하구나, 신기"(「감자를 먹습니다」)해하듯이, 있는 것이 없으면 있는 것도 아니고 없는 것도 아니듯이 있는 것과 없는 것 사이 존재의 '배꼽과 눈'에 대한 관련성을 발견하고 차이점을 기록한다.

그의 시가 근원적 새로움을 통해 보여 주고자 하는 것은 인간의 보편적 정서인 즐거움과 웃음이다. 이를 테면 "부부라는 말,/참, 뜨겁습니다//입술을 동그랗게 내밀고 부~부~/한 사람이 다른 한 사람에게 입김을 불어넣어 주듯 부~부~//발음해 보니/거참, 재밌습니다"에서처럼 언어를 통한 보편적 원칙으로 웃음을 빚어낸다. 말하자면 '부부'라는 말이 서로에게 '부~부~' 하고 입김을 불어넣어 주라는 데서 온 것이 아닐까 상상함으로써 부부라는 단어의 기원을 또 다른 방식으로 재해석하게 한다. 또한 그에겐 죽음조차도 "죽음끼리마주보며간다맞은편죽음이건너올까쩐—한썬팅속에숨어서간다죽음에도착하기도전에갑자기죽음이벌떡,튀어나올까봐보험들고간다"(「길」)라는 표현처럼 삶과 연속적으로 연결되어 있으면서, 현실에서 보험을 들어야 죽음의 길 역시 안정적이라는 '시의적 풍자성'을 드러낸다.

이처럼 시적 비약을 통해 존재에 대한 의미망을 좁혀 가는 윤이산 시인의 이번 시집은 비관적이고 회의적인 시대를 살고 있는 '멜랑콜리(melancholy)'에 대한 저항이라고 파악할 수 있다. 멜랑콜리의 정체는 「퀵 배송된 '제수씨와젖통'의 카톡」에서 "'제수씨'만 사셔도 '젖통'이 딸려 가는 '제수씨와젖통' 한 다발 구조"로 조작된 기표를 통해 기의가 어긋나는 것처럼, 세계의 모순을 지각의 지연과 시간의 제동을 통해 웃음으로 되돌려 준다. 여기서 우리는 "내가 풀어놓은 웃음에 앉아 배꼽을/뺐다, 꽂았다 할 청중들을 떠올리며/또 보따리"(「보따리장수와 의자」)를 옮기는 시적 화자처럼 독자뿐만 아니라 자신조차도 즐거움으로 분리시키는, 시적인 것을 향한 진정한 '언어의 보따리'를 마주치게 된다.

시인의 말

물끄러미 돌멩이를 바라보면
돌멩이는 말이 없고

말이 없어도
나는 돌멩이를 듣고

내가 그저 물끄러미 돌멩이를 바라보면
돌멩이는 나를 다 알아듣는 것도 같고

그래도 돌멩이와 나는
각자의 기척 속에 고립되어 있고

고립 속에서 돌멩이는 돌멩이를 묵묵히 견디고
고립 속에서 나는 나를 덤덤히 견디고

명치끝에
누군가의 얼굴이 남아 있어
고립에도 길은 나 있고.

2020년 정월
윤이산

실천문학시인선 035
물소리를 쬐다

2020년 1월 25일 1판 1쇄 인쇄
2020년 1월 25일 1판 1쇄 펴냄

지은이   윤이산
펴낸이   윤한룡
편집   김은경
디자인   윤려하
관리·영업   한해인

펴낸곳   (주)실천문학
등록   10-1221호(1995.10.26)
주소   남양주시 퇴계원읍 퇴계원로 52(다모아빌딩) 405호
전화   322-2161~3
팩스   322-2166
홈페이지   www.silcheon.com

ⓒ 윤이산, 2020

ISBN 978-89-392-3046-0 03810

이 책 내용의 전부 또는 일부를 재사용하려면 반드시 지은이와
실천문학사 양측의 동의를 받아야 합니다.